二十首情诗与
一首绝望的歌

[智利]巴勃罗·聂鲁达 著　李晓愚 译

台海出版社

图书在版编目（ＣＩＰ）数据

　　二十首情诗与一首绝望的歌 /（智）巴勃罗·聂鲁达
著；李晓愚译. -- 北京：台海出版社，2024.2
　　ISBN 978-7-5168-3753-5

　　Ⅰ.①二… Ⅱ.①巴… ②李… Ⅲ.①诗集—智利—
现代 Ⅳ.①I784.25

中国国家版本馆CIP数据核字（2023）第253852号

二十首情诗与一首绝望的歌

著　　者：〔智〕巴勃罗·聂鲁达　　　　译　　者：李晓愚

出版人：蔡　旭　　　　　　　　　　　责任编辑：戴　晨

出版发行：台海出版社
地　　址：北京市东城区景山东街20号　　邮政编码：100009
电　　话：010-64041652（发行，邮购）
传　　真：010-84045799（总编室）
网　　址：www.taimeng.org.cn/thcbs/default.htm
Ｅ－ｍａｉｌ：thcbs@126.com

经　　销：全国各地新华书店
印　　刷：天津明都商贸有限公司
本书如有破损、缺页、装订错误，请与本社联系调换

开　　本：889毫米×1194毫米　　1/32
字　　数：120千字　　　　　　印　　张：5.5
版　　次：2024年2月第1版　　印　　次：2024年2月第1次印刷
书　　号：ISBN 978-7-5168-3753-5

定　　价：49.80元

《裸女坐在椅子上》－巴勃罗·毕加索－1909

《红扶手椅上的女人》 – 巴勃罗·毕加索 –1932

《雕塑家》- 巴勃罗·毕加索 -1931

《黄发少女》- 巴勃罗·毕加索 -1931

《梦》- 巴勃罗·毕加索 -1932

《三个舞者》- 巴勃罗·毕加索 - 1925

《桌上静物》- 巴勃罗·毕加索 -1920

《亚维农少女》- 巴勃罗·毕加索 -1907

危险情人、浪漫革命者

——美洲西语文学之父巴勃罗·聂鲁达

我认为诗歌是一时的、严肃的举动。孤独与声援，情感与行为，个人的苦衷，人类的私情，造化的暗示都在诗歌中同时展开。我同样坚信，人和他的影子、人和他的态度、人和他的诗歌——永远维持在一种构成我们的现实和梦幻的活动中，因为这样便能将它们联系在一起，融合在一起。

——巴勃罗·聂鲁达

1971年，瑞典文学院将诺贝尔文学奖授予智利诗人巴勃罗·聂鲁达，授奖词中称他是"饱受暴力伤害的人类的诗人"。如今，卓越的名声让他的作品早已越过了他的母语西班牙语，和他的祖国智利的国境线。在世界各国不同语言不同阶层的人群中，我们都能轻松地发现他的读者。《二十首情诗与一首绝望的歌》甚至成为被翻译语种最多、印刷次数最多的诗集之一。

也因此，谈论聂鲁达是困难的。

与此同时似乎又是容易的。

说困难，是因为他多变的诗风与主题，以及谜一样的多重身份。说容易，则是因为他是一位不那么信赖长篇累牍解读他作品的批评家们，而信赖每一位普通读者最为直观的阅读体验的人。那么，按此标准，人人皆可阅读聂鲁达，人人皆可谈论聂鲁达——而这，无疑也是他愿意看到的。

"我喜爱书，它们是诗意劳作的结晶，是文学的森林；我喜爱书的整体，甚至书脊，但不喜欢各种流派的标签。我想要的是像生活那样不分流派、不分类的书。"爱情与政治是影响聂鲁达一生的两条主线——这是我们听到最多的说法，不能说错，但多少显得简单。聂鲁达的一生，用他自己的话来说，过的是一种丰富多彩的生活，一种真正的诗人的生活。诗人、乡巴佬、出版人、政治犯、外交官、总统候选人……他的一生交游广阔，除了与美洲众多诗人、小说家多有来往外，他与西班牙诗人、法国诗人的交往也颇为密切，与此同时，他还与多国政要有密切往来。这些都在一定程度上影响了他的写作。不过，说到他的创作缘起，就不能不讲述他与他的故乡，以及他的祖国跌宕起伏的二十世纪历史的关系。因为，没有智利的历史与自然环境，就没有这位"美洲惠特曼"（评论家哈罗德·布罗姆语）。

1904 年 7 月 12 日，在智利蛮荒的西部，聂鲁达出生了。聂鲁达的母亲在一个月后就因肺结核病去世，父亲何塞·德尔卡门为谋生离开襁褓之中的儿子，前往阿根廷工作。所幸的是第二年父亲就回到了智利，并在阿劳卡尼亚铁路局找到了一份司机工作。从此，他与父亲定居在特木科小城，并自称是工人阶级的儿子。特木科的自然环境给幼小的聂鲁达心灵投上了深刻的影子，童年的雨水成为缠绕他诗句的景观。"我是在这座城里长大的，我的诗就在这个山冈和这条小河之间诞生，从雨水中获得声音，像木材那样把自己浸在森林中。"幼年的他很快有了一位继母，这位继母不是童话里常见的黑心母亲，而是一位带给聂鲁达所有爱与善意的女性。聂鲁达如此形容她："她手脚利索，为人和蔼，有着农民的幽默感和勤恳的、坚持不懈的善意。"

正是这位天使般的女性，将诗的"缪斯"带给聂鲁达。聂鲁达为母亲创作了平生第一首诗。幼年的他战战兢兢，只感到这些字句和平时说的话不太一样。他怀着忐忑的心情将所写内容递到父母的手中。然而，他得到的人生第一份文学评论是这样的："你这是哪儿抄来的？"父亲的话并没有阻碍他对诗与书籍的热爱。

少年的他在贫困中长大，拘谨地帮朋友写情书时意外收获了初恋。从此，爱与自然成为他不倦的书写对象。逐渐长大的他，开始饱受爱与孤独以及情欲的折磨。在圣地亚哥上大学期间，因来自小地方，加上困窘，让他自然而然地给周围人塑造了腼腆而清高的形象。他总是穿着一身黑衣服，那是一种简便的"诗人装束"，后来还长期穿着父亲的一件黑色斗篷。

这件斗篷也不出意外地出现在他的情诗中，在《我们甚至失去了黄昏》一诗中，他这样写道：

那本总在暮色时分打开的书掉落

3

我的斗篷像一只受伤的狗，蜷缩在我脚边。

张爱玲曾说过，衣服如同一个人随身携带的袖珍戏剧。聂鲁达的服饰显示了那时他的状态：贫困而压抑。他一面渴望拥有女性，一面又因为羞涩难以开口，情欲的火焰经常让他倍感孤独和折磨。神秘的女人让他着迷，他情愿被这神秘的火焰烧死，又或者溺毙在水中。也是在这样的时刻，恋情的到来让他品尝到爱的炽热与痛苦，早熟的诗人为她们写下了传诵不衰的情诗，这便是本诗集中的《二十首情诗与一首绝望的歌》。

这是诗人的第二本诗集，出版的时候诗人甚至还不满二十周岁。早慧的他为自己赢得了广泛的声誉。其实在他出版第一本诗集《黄昏》时，就有评论家预言："我们完全可以期待，就像现在他领先并超越了他那一代的诗人那样，随着时间流逝，只要命运不从中作梗，他会跻身于超越这片土地、超越时代的最伟大诗人的行列。"

此后，《二十首情诗与一首绝望的歌》这本诗集一版再版。他也不得不面对一生中被询问次数最多的问题：

第一个问题是他的笔名从哪里来的；

第二个问题是他的情诗究竟是为谁而写。

几十年间，他在不同文章中或受访、演讲中都回应过这类问题，每次都略有不同。在回答《巴黎评论》时，他这样解释自己的笔名："那时我只有十三四岁。我记得我想写作这件事非常困扰我父亲。出于一片好意，他认为写作会给我们的家庭和我带来灾难，而更重要的是，它会让我变成一个无用之人……这是我采取的第一批防守措施之一——改名字。"他的笔名取自一个遥远的中欧国家——捷克作家扬·聂鲁达。他当时读了一篇这位捷克作家的短篇小说，随手为自己取了这个与智利毫无关联的名字。

至于他笔下的女神们，他用过不同的昵称与代号来称呼她们，后来经研究者证实，她们主要涉及两位女性，一位是阿尔贝蒂娜，另一位是特蕾莎。前者是他在圣地亚哥认识的恋人，后者则是他故乡的恋人。其实，对能够引起全人类广泛情感的情诗而言，情诗的对象常常显得无关紧要。但是，读者总是怀着一种善意的好奇心，正如小说家帕慕克所言，他的读者也总是询问他小说里的主人公是不是就是作家本人。

诗人本人也经常忘记二十首情诗的顺序，但是他在一场中年后回到智利大学的演讲中，明确地提到过这两个女孩对他的影响，更是直接为读者点明了第四首与故乡的恋人有关：特木科有一条迷失在乡野之间的长路。有一次，他和恋人坐在树下，突然大风吹来，树叶颤动，各种响动让他写下了这样的诗句：

清晨充满风暴
在夏日的心中。

云朵如告别时的白手帕般舞动，
风旅行的手挥动它们。

无尽的风的心脏

跳动在我们相爱的沉默之上。

二十首诗中第一、二、五、七、十一、十四、十五、十七、十八首，都与圣地亚哥女孩有关。第十六首虽改写自泰戈尔，却和故乡的恋人有关。那时的她迷恋泰戈尔，她给诗人寄了一本《园丁集》。面对恋人的圈圈划划，诗人意译了一首，这就是今天我们所见到的序号为十六的作品。至于那首《绝望的歌》，则是写于萨阿韦德拉港。一首道别的诗，充满了海鸟的悲鸣和诗人的忧虑。

虽然诗人的这本诗集让他名声大噪，但是却没能改变他贫困的生活境遇。他没有参加法语结业考试，从大学休学，与父亲决裂。父亲不再从特木科为他按月寄送微不足道的生活费。他陷入困境。在给妹妹的信中，他这样抱怨道："我的衣服没法穿了。""从昨天开始，我就没有救济金了。我该怎么办……我已经老了，没法每天都不吃东西。"写下这些信件的时候，诗人还未满二十二周岁。如此年轻，贫穷与爱以及自然，成为诗人特别的老师。

他在圣地亚哥接触了法语文学，法国的超现实主义吸引了他，这在其后的一本诗集《大地上的居所》中有过杰出的呈现。也是在这里，他开始接触到一些左翼政治思想，从此，他走上了一条爱与革命并行不悖的道路。

他因此成为"人民的诗人"。他声称"我这个诗人的声音，连智利的石头都认得出来"。聂鲁达为矿工和农民朗诵自己的作品，也为西班牙共和派提供力所能及的帮助——帮助流亡人士安全抵达智利。他坚定不移地与法西斯主义斗争，经常行走在危险的边缘。他的足迹从特木科到圣地亚哥，随着外交生涯的来临，逐渐走遍了世界各地：缅甸、印度、泰国、斯里兰卡、西班牙、法国、意大利、苏联、中国、墨西哥、阿根廷、美国、中欧诸国……

在外交生涯中，他结识了一批志同道合的西班牙诗人，他亲切地将他们称为"西班牙的兄弟们"，其中尤其与洛尔迦亲厚。在法国诗人中，阿拉贡与艾吕雅是他最为亲密的挚友。

他在写给洛尔迦的评语中这样说道："一位更接近死亡而非哲学，更接近痛苦而非智慧，更接近鲜血而非墨水的诗人"，其实这某种程度上来说也是他的"夫子自道"。

聂鲁达亲近自然与爱，他声称他的知识来自这里，这就让他更像一位"天真的"诗人，而非"感伤的"诗人。"会思考但不会歌唱的诗人是堕落的。我觉得歌唱不是一种品质，而是一种自然特性，它创造了形式和意义。如果没有它，就没有诗歌。"聂鲁达这样写道。

美国著名批评家哈罗德·布罗姆在其名作《西方正典》中这样定位聂鲁达："他（指博尔赫斯）在十八岁时开始模仿惠特曼的诗体，渴望成为阿根廷的行吟诗人。但是他逐渐意识到自己不会成为西班牙语的惠特曼，而这个角色最终被聂鲁达以强大的力量夺取。"

这位美洲西语文学之父一生的事业除了为自由而战外，另一项当然是追逐爱情。生性热烈豪迈的聂鲁达，对女人而言是个"危险猎手"，他从不忠诚，总是游走于不同女性间。爱、性、孤独、死亡、政治……这些也成为纠缠他一生的写作主题。他一生情人众多，他从不讳言自己对女人的爱慕与需要。

这本诗集中另外一部分《一百首爱的十四行诗》则是献给他的第三任妻子玛蒂尔德的。这本诗集出版的时候，他们尚未结婚。他们相识于圣地亚哥，几年后重逢，因为一场疾病，玛蒂尔德的照料让他们发展出一段婚外恋情——当时聂鲁达身处第二段婚姻中。面对炙热的爱欲，生性浪漫而多情的诗人，将它写成一首首动人的恋歌。

"我的妻子跟我一样，是个乡巴佬。她出生于南方小城奇廉，这座小城幸运的是以农民的陶瓷制品闻名遐迩，不幸的是以可怖的地震而人尽皆知。我在《一百首爱的十四行诗》里，向她倾吐了全部心声。"

诗人坦言他的诗歌的南方是孤独，北方则是人民。孤独是他早期诗歌的"母亲"。至于人民，聂鲁达愿意以重新发现命名美洲的山川河流、一草一木的雄心，愿意化身成任何一个智利人，向世界诉说美洲的忧郁与热情。

在大致介绍了聂鲁达的经历后，相信最有资格言说聂鲁达的人还是每一位阅读他作品的读者。正如诗人自己所常说的——如果你问我是谁，你还不如去问我的诗歌我是谁。确实，他在他的诗歌中等待着读者来认识，与他交谈。他相信："不相识的人与人，也能有沟通。在世界最边远、人迹罕至的地方，也会有关怀、向往与感应。"

诗人庞德说："一个伟大的诗歌时代就是一个伟大的翻译时代。"德国人胡戈·弗里德里希在《现代诗歌的结构》一书中说："当然，熟悉诗歌的人都知道，诗歌几乎是不可译的，最不可译的又首推现代诗歌。"

作为本书译者，才疏学浅，在前辈的肩膀上才敢进行这项美好而艰辛的工作。

在本书的翻译过程中，我得到了以下师友的帮助，在此一并致谢：

西班牙语翻译家侯健；

意大利语翻译家陈英；

青年翻译家流畅；

诗人、译者王彻之；

诗人孙冬、小雅……

李晓愚

2023 年 9 月 12 日凌晨于深圳

目录

二十首情诗

一首绝望的歌

一百首爱的十四行诗

二十首情诗

女人的身体

女人的身体，白色山丘，白色大腿
你委身于我的姿态姿势宛如世界。
我粗鲁农民的身体，在你体内挖掘
并让儿子从大地的深处跃出。

我曾孤独如隧道。群鸟飞离我，
夜以其毁灭性的侵袭将我淹没。
为我自身的生存，我锻造你如一件武器，
犹如我弓上的箭，投石器上的石块。

但是复仇的时刻来临，而我爱你。
饥渴而浓郁的奶汁的身体，苔藓似的、肌肤的肉体。
啊，你乳房的高脚杯！啊，迷离的眼睛！
啊，耻骨的玫瑰！啊，你的声音，迟缓而悲伤！

我女人的身体，我将固守你的恩典。
我的饥渴，我无尽的欲念，我变化无定的道路！
黑暗的河床，那里涌动着永恒的饥渴
和紧随其后的疲倦，以及无限的疼痛。

将死的光焰包裹着你

将死的光焰包裹着你。
出神的苍白哀悼者，就那样站着
背对着你四周滚动着的
暮色的老旧螺旋桨。

不言不语，我的朋友，
独自在这死亡时辰的孤独里
填满火焰的生命，
毁灭的白昼的纯正继承人。

太阳的一枝果实落在你暗沉的外套上。
夜晚硕大的根茎
突然自你的灵魂中生长，
那些隐于你的事物重又出现
因此，一个蓝色无生气的民族，
从你那里刚刚诞生，承受滋养。

啊，依次穿过黑暗和金色圆环的
壮丽、多产、有魔力的奴隶：
挺立、引领并占有生命中最为丰饶的创造
以致花朵凋零，满怀悲哀。

松林的辽阔

啊，松林的辽阔，破碎的浪的低语，
迟缓的光的嬉戏，孤寂的钟，
暮色落入你的眼中，玩具娃娃，
陆上贝壳，大地在你的体内歌吟！

河流在你身上鸣响，而我的灵魂在其间奔流
如你所愿，你将它送往你想去的地方。
以你希望的的弓瞄准我的道路
在一阵狂热中，我将释放我一束束的箭。

四面八方，我都看见你如雾的腰身，
你的沉默围猎我备受折磨的时刻；
我无数的吻抛锚，我潮湿的欲望之巢
建筑在你透明石头般的双臂上。

啊！你神秘的声音
爱的钟鸣逐渐黯淡，在这共振后垂死的黄昏里！
因此在深沉的时刻里我看见，在原野之上
麦穗在风的口中上下摇曳。

清晨充满风暴

清晨充满风暴
在夏日的心中。

云朵如告别时的白手帕般舞动，
风旅行的手挥动它们。

无尽的风的心脏
跳动在我们相爱的沉默之上。

仿佛一种满是战争与歌的语言
在树林中回响，如神圣的管弦乐。

风以迅捷的突袭带走枯叶
并使鸟群跳动的箭矢偏移。

风，将她推倒，在无泡沫之浪中
无重量之物质中，倾斜的火焰中。

她众多的吻，破碎并沉没
在夏日之风的门口搏击。

为了让你听见我

为了让你听见我
我的语言
有时变得细瘦
犹如海滩上海鸥的足迹。

项链，酒醉的铃铛
献给你柔滑如葡萄的手。

我从远处观察我的话语
它们更像是你的，而非我的。
它们如常春藤般爬上我的旧日痛苦。

它以相同的方式攀爬潮湿的墙。
该怪你这残酷的游戏。
它们正逃离我阴郁的巢穴。
你充满万物，你充满万物。

它们早于你占据你所占据的孤独，
它们比你更习惯我的悲哀。

此刻，我想要它们说出我想对你诉说的
使你听见我想要你听见的。

苦恼的风，拖拽它们，一如往昔。
有时，梦的飓风仍将它们击倒。
在我痛苦的声音里，你听到别的声音。

古老嘴巴的哀歌，古老祈祷的血。
爱我吧，爱侣。不要离开我。跟随我。
跟随我，爱侣，在这恼人的波浪上。

但是，我的语言被你的爱着色。
你占有一切，你占有一切。

我将它们制成一条没有尽头的项链
献给你洁白、丝滑如葡萄的手。

我记得你去年秋天的样子

我记得你去年秋天的样子。
你灰色的贝雷帽连同一颗宁静的心。
黄昏的火焰在你的眼中搏击。
秋叶落入你灵魂的水面。

像一株爬藤植物般缠住我的双臂
叶片储存你平缓而平和的声音。
令人敬畏的篝火，燃烧着我的饥渴。
我的灵魂之上缠绕着甜美的蓝色风信子。

我感到你的眼睛漫游，而秋日已如此遥远：
灰色贝雷帽，鸟鸣声，心就像一所房子
朝向我最深的渴望迁徙
我的亲吻落下，幸福犹如灰烬。

从船上眺望天空。从山丘眺望原野：
你的回忆充满光，烟，宁静的池塘！
暮色在你眼睛更深处燃烧。
干枯的秋叶在你的灵魂中盘旋。

倚身午后

倚身午后，我将我悲伤的网撒向
你汪洋般的眼。

那里，我的孤独在最高的焰火中
蔓延并燃烧，
仿佛溺水的人那样挥动双臂。

我发出红色的信号，穿过你心不在焉的
涌动如灯塔附近海水的眼睛。

你只守护黑暗，我遥远的女人，
有时，你的目光中浮现恐惧的海岸。

倚身午后，我将我悲伤的网投向
拍击你汪洋双眼的大海。

夜鸟轻啄初升的星群
星星闪亮如爱你时我的灵魂。

黑夜骑上它幽暗的母马
将蓝色的流苏洒向大地。

洁白的蜂

洁白的蜂，你在我的灵魂中嗡嗡作响，因蜜沉醉，
你的飞行盘旋在烟雾迟缓的螺旋中。

我是那个没有希望的人，一个没有回声的词，
他失去了一切，也曾拥有一切。

最后的缆绳，在你身上我最后的渴望嘎吱作响。
在我荒凉的土地上，你是最后的玫瑰。

啊！你这沉默者！

闭上你深邃的眼。夜，在那儿振翅。
啊，你的身体裸露，仿佛一尊受惊的雕像。

你深沉的眼睛，黑夜在其间翻滚。
花朵的凉爽手臂和玫瑰似的大腿。

你的乳房宛如洁白的蜗牛。
一只影子蝴蝶飞到你的腹部沉睡。

啊，你这沉默者！

这里是因你不在的孤独。
落雨了。海风猎寻迷途的海鸥。

水赤裸双足走在潮湿的街上。
那株树上的叶子病人似的抱怨。

洁白的蜂，你离开了，仍在我的灵魂中嗡嗡作响。
你在时间里复活，纤瘦而静默。

啊，你这沉默者！

陶醉于松林

陶醉于松林和长长的亲吻中，
仿佛夏日我驾驶着玫瑰的快帆，
弯身朝向消瘦日子的死亡，
深陷我坚不可摧的水手的疯狂。

面容苍白，被绑在我贪婪的水中，
我在赤裸气候的酸涩气味中游弋，
依旧披裹灰衣和苦涩的声音
以及一个悲伤的被遗弃的浪花的波峰。

被激情驱动，我骑上我那一个波浪，
月的，日的，燃烧与冷却，突然之间，
一切安宁在幸福岛屿的喉咙间
它们洁白、甜美如凉爽的臀部。

在潮湿的夜晚，我吻做的衣裳在颤栗
为电流所驱动，充满疯狂，
英勇地分裂成一个个梦
令人醉心的玫瑰在我身上练习。

溯流而上，在外围波浪之中，
你平行的身体被我双臂抱住
仿佛一条鱼，无限地系住我的灵魂，
或快或慢，在苍穹之下的活力中。

我们甚至失去了黄昏

我们甚至失去了这个黄昏。
今晚，无人看见我们手牵手
当蓝色夜晚降临这个世界。

从我的窗口我看见
远处山巅处的日落圣典。

有时一缕阳光
在我手中燃烧如一枚硬币。

我记得你，将我的灵魂攥紧
在你熟知的我的悲伤中。

那时你在哪儿？
还有谁与你一起？
又说些什么？
为什么全部的爱会突然降临在我身上
当我悲伤，感到你如此遥远的时刻？

那本总在暮色时分打开的书掉落

我的斗篷像一只受伤的狗，蜷缩在我脚边。

总是这样，你总在黄昏时离开
退向暮色擦去雕像的地方。

几乎掉落在天外

几乎掉落在天外，半个月亮
停泊在两山之间。
旋转，漫游的夜晚，眼睛的探索者。
让我们看看，有多少星星跌碎在水塘。

在我的双眼之间，它造了一个哀悼的十字，
然后逃之夭夭。
蓝色金属的锻造，寂静的战斗之夜，
我的心旋转如一个疯狂的轮子。
远道而来的女孩，被远方带来的女孩，
有时，你的一瞥在天空下闪烁。
怨语，风暴，狂怒的气旋，
你穿过我的心没有停驻。
墓地来的风，摧毁并驱散
你沉睡的根部。

她另一边的大树，被连根拔起。
但是你，明朗的女孩，如烟的问题，玉米穗儿。
你是风以光彩照人的叶片制成的。
在夜晚的群山之后，燃烧的白百合，

啊，我什么都说不了！你是万物所造。

欲念将我的胸膛撕成碎片，
是时候选择另一条道路了，在路上，她不会微笑。

风暴埋葬了钟声，痛苦的泥泞漩涡，
为何此刻触动她，为何让她悲伤。

噢，沿着这条通向逃离一切的道路，
没有痛苦，死亡，冬天的沿途等候
在露水中睁开它们的眼睛。

你的乳房对我的心已足够

你的乳房对我的心已足够，
我的翅膀对你的自由也足够。
在你灵魂之上沉睡的
将从我的口中升入天堂。

在你身上的是每一天的幻觉。
你的到来如露珠降临花冠。
你以你的缺席削减地平线。
宛如波浪，永恒逃逸。

我曾说过你在风中歌唱
如松林如桅杆。
也像它们那样，高且寡言，
顷刻间，你很悲伤，如一次旅行。

你犹如古道，收集万物。
你那带着回声与乡愁的嗓音。
我醒来，有时在你灵魂里沉睡的群鸟
飞离并迁徙。

我以火的十字架

我以火的十字架
在你身体的地图集上做标记。
我的嘴划过去：一只试图藏匿的蜘蛛。
在你身上，在你身后，羞涩地，被欲念驱使。

在黄昏的海岸，为你讲述故事，
哀伤且温柔的娃娃，为了你不必悲伤。
天鹅，树，一些遥远而幸福的事物。
这是葡萄的季节，成熟与果实丰厚的季节。

我生活在一个港口，在那儿我爱你。
孤独、梦、沉默，交织在一起。
禁锢于海与忧伤之间。
在两个静止不动的船夫间，无声无息，神思恍惚。

在嘴唇与声音之间，一些事物在死亡。
带着鸟的双翼的事物，痛苦和遗忘的事物。
网，从来兜不住水。
我的玩具娃娃，剩下的几滴在颤栗。
即便如此，事物仍在易变的言词间歌唱。

一些事物在歌唱，某种东西爬进我贪婪的嘴里。
啊，用所有欢乐的语言将你颂扬。

歌唱、燃烧、逃离，就像疯夫手中的钟楼。
我悲哀的柔情，是什么突然来到你身边？
当我抵临最令人敬畏的、最严酷的巅峰
我的心闭合如一朵夜花。

每天，你同宇宙的光嬉戏

每天，你同宇宙的光嬉戏。
微妙的访客，你来到花中、水中。
你不只是这颗每日在我双手之间，被我紧紧托住
犹如一串果实的白色小脑袋。

你与任何人都不同，从我爱上你的那一刻。
让我将你铺展在这黄色的花环间。
是谁，在南方的群星间用烟的字母
写下你的名字？
啊，让我忆起你存在之前的样子。

顷刻间，风呼啸着，击打我关紧的窗。
天空是一张网，挤满了阴影重重的鱼。
或早或晚，所有的风都要释放，所有的。
雨水褪下她的衣裳。

群鸟飞过，四散而逃。
风。风。
我只能够和人类的力量相较量。
风暴卷走黑暗的叶子

并将昨夜所有停泊的船只抛向——
天空。

你在这里。噢，你没有逃跑。
你将应答我，直至最后的呼喊。
依偎在我身边，仿佛你受了惊。
即便如此，一道奇怪的阴影仍掠过你的
眼睛。

现在，就是现在，小人儿，你为我带来了忍冬，
甚至，你的乳房还存留它的气息。
当悲风猎杀蝴蝶
我爱你，我的幸福舔咬你李子似的嘴。

为了适应我，你一定遍尝痛苦，
我野蛮，孤独的灵魂，我的名字就能让它们
全都逃跑。
无数次，我们看见晨星燃烧，
亲吻我们的眼睛，
在我们头顶之上，灰色的光线旋转如扇面。

我的词语雨点般落向你，爱抚你。

很长一段时间，我爱你遍布阳光的珍珠母般的身体。

我甚至认为你拥有整个宇宙。

我将从山中为你带来幸福的花朵，蓝铃花，

深色的榛子，还有一篮篮狂野的吻。

我想和你一起做

春天对樱桃树所做的事。

我喜欢你是寂静的

我喜欢你是寂静的：仿佛你不在，
你从远处听见我，我的声音却不能
触及你。
就好像你的眼已飞走
好像一个吻封住了你的嘴。

万物充满我的灵魂
你从万物中浮现，充满我的灵魂。
你就像我的灵魂，一只梦的蝴蝶，
你仿佛**忧郁**这个词。

我喜欢你是寂静的，仿佛你在远方。
仿佛你在哀叹，一只蝴蝶
像鸽子般咕咕叫。
你从远方听见我，我的声音却不能
触及你：
让我在你的沉默中宁静。

让我用你的沉默与你交谈
明亮如灯，简单如一枚戒指。

你宛如夜晚，满载夜的静默和星群。
你的寂静是星星的寂静，遥远而坦率。

我喜欢你是寂静的：仿佛你不在，
遥远而满怀忧伤，仿佛你已死去。
一个词，一个微笑，便足够。
我很开心，开心这不是真的。

在我薄暮的天空

（改写自泰戈尔《园丁集》第30首）

黄昏时，你仿佛一朵云在我的天空
你的身姿与色彩正是我所爱的。
你是我的，我的，甜美嘴唇的女人
我无限的梦境居于你的生命之中。

我灵魂的光晕浸染了你的双足，
我的酸酒在你的唇上变得更甜，
啊，我黄昏之歌的收割者，
多么孤独的梦啊，相信你是我的！

你是我的，我的，我向午后的风
呐喊，风拖拽我寡者的声音。
我眼睛深处的女猎手，你的掠夺
让你夜间的注视平静如水。

我音乐的网捕获了你，我的爱，
我的音乐之网宽广如天。
我的灵魂诞生于你双目哀悼的岸边。
在你哀愁的双目中，梦的疆域开始形成。

思索着，阴影纠缠于深深的孤寂中

思索着，阴影纠缠于深深的孤寂中。
你也在远方，啊，远过任何人。
思索着，放飞鸟儿，消解意象，
掩埋灯盏。

雾的塔楼，多么远，高耸在那儿！
沉闷的哀叹，碾碎阴影重重的希望，
沉默寡言的磨坊主，
夜，远离城市，落到你的面庞。

你的出现是陌异的，对我而言，仿佛陌生事物。
我思考，在你之前，我探索我生命的广阔天地。
在任何人之前的我的生活，我严酷的人生。
面对大海，在岩石间呐喊，
自由疯狂地，在浪花中翻滚。
悲哀的狂怒，那呐喊，那片海的孤独。
莽撞，暴烈地，拉向天际。

你，女人，在那儿你是什么，在那巨大的扇面上，
你是什么光线，什么扇骨？那时你与此刻一样遥远。

森林中的火！呈蓝色的十字燃烧。
烧，烧，火舌，在光林间闪耀。

轰然倒塌，劈啪作响。火。火。
我的灵魂舞蹈，焦枯于火的卷舌中。
谁在呼唤？什么样的寂静充满回声？

怀旧的时刻，幸福的时刻，孤独的时刻，
在所有的时辰中，属于我的时辰！
吟唱的风穿过号角。
想要哭泣的欲望系紧我的身体。
所有的根系在撼动，
所有的波涛在攻击！
我的灵魂漂泊，幸福，悲伤，没有尽头。

思考着，将灯盏埋进深深的孤独中。

你是谁，你是谁？

在这里，我爱你

在这里我爱你。
风在黑松林中松开自己。
月光在游弋不定的水面上散发磷光。
日复一日，总是那一类，彼此追逐。

雪，临风展露它舞蹈的身姿。
一只银鸥从西面滑了过来。
有时是帆。高高的，高高在上的星群。

啊，一艘船的黑色十字架。
独自一人。
有时我起得很早，连我的灵魂都潮湿了。
远处，有海的声音和回响。
这里是港口。
在这儿，我爱你。

在这里，我爱你，地平线徒劳地隐藏你。
置身这些冰冷的事物间我仍爱你。
有时，我的吻落在那些沉重的船舶上
横越大海朝向无法抵达的终点。

我看见我犹如陈旧的锚被遗忘
当午后泊在那里，码头开始悲伤。
我的人生倦怠，毫无意义地受饿。
我爱我所没有的。你如此遥远。
我的厌烦与迟缓的暮光搏斗。
但是，夜来了，然后开始对着我唱歌。
月亮转动它梦的发条。
最大的星星以你的眼睛望着我。
而我爱你，风中松林
想用它们金属线的叶子吟唱你的名字。

轻盈的棕色女孩

轻盈的棕色女孩，太阳让果实
成形，谷物饱满，海草卷曲
欢乐充盈你的身体，使你的眼睛明亮
你的嘴巴拥有水似的微笑。

当你伸出双臂，一缕渴慕的黑太阳被编进你
黑色的发辫中。
你同太阳嬉戏，就像同溪流游戏。
它在你眼中留下两潭幽深的水。

轻盈的棕色女孩，没有什么将我拽向你。
一切都让我远离你，仿佛你是正午。
你是蜜蜂的狂热青春，
波浪的醉意，麦穗的力量。

尽管如此，我忧郁的心仍寻觅你，
我爱你欢乐的身体，你纤细流畅的嗓音。
黑蝴蝶，甜美而坚定
仿佛麦田与太阳，罂粟与水。

今夜我能写下最悲哀的诗行

今夜我能写下最悲哀的诗行。

写下譬如："夜晚星群密布
星星幽蓝，在远处冷得发抖。"

夜风在苍穹之下旋转歌吟。

今夜，我能写下最悲哀的诗行。
我曾经爱她，有时，她也爱我。

在许多如此夜的夜晚，我曾拥她入怀。
在无尽的天空下，我曾亲吻她，一遍又一遍。

她爱过我，有时我也爱她。
谁能不爱她宁静的大眼睛。

今夜我能写下最悲哀的诗行。
想到无法拥有她，感到我已失去她。

听这无边的夜晚，因她不在更辽阔。
诗行落入我的灵魂，仿佛露珠落入草场。

我的爱不能将她挽留又能怎样。
夜晚繁星当空，她不在我身边。

一切都结束了。在远处有人正唱歌。在远处。
我的灵魂心有不甘，因我已失去了她。

我的目光尝试寻觅她，仿佛将她拉得更近。
我的心搜寻她，她不在我身边。

同样的夜刷白了同样的树。
我们，在那时，已不同。

我不再爱她，这很确定，但我曾如此爱她。
我的声音寻找风，借它抚触她的听觉。

别人的。她将是别人的。正如我从前的吻。
她的声音。她明亮的身体。她深邃的眼睛。

我不再爱她，这很确定，但是或许我爱她。
爱情如此短暂，遗忘如此漫长。

因为，曾在如此夜的夜晚，我将她拥入怀
我的灵魂心有不甘，因它已失去了她。

尽管，这是她带给我的最后的疼痛
而这些，是我为她写下的最后的诗行。

一首绝望的歌

绝望的歌

关于你的回忆，自萦绕我的夜色中浮现。
河流将它倔强的哀歌传给大海。

如黎明的码头般被遗弃。
这是离别的时刻，啊，被遗弃的人！

冰冷的花冠雨似的打在我心上。
啊，残骸的深渊，海难的残酷洞穴。

在你身上，堆积着战争与逃亡。
从你那儿，鸣鸟振翅。

你如同距离吞咽一切。
仿佛海，仿佛时间。在你身上万物沉没！

这是攻击与亲吻的幸福时刻。
闪耀如灯塔的魅惑时刻。

掌舵者的恐惧，瞎眼跳水者的愤怒，
爱的癫狂醉意，在你身上万物沉没！

我雾似的童年，我的灵魂振翅受伤。
迷途的探索者，在你身上万物沉没！

你勒紧的悲伤，你紧握欲望，
悲哀震晕了你，在你身上万物沉没！

我让阴影的墙后退，
超越欲望与行动，我继续前行。

啊，肉身，我唯一的肉身，我爱过又失去的女人，
在这潮湿的时刻，我召唤你，并将我的歌献给你。

如同一个罐子，你收容无尽的温柔，
无尽的遗忘粉碎你如同一个罐子。

那是岛屿的黑色孤独，
在那儿，恋爱的女人，你的双臂收容我。

那是欲念和饥渴，而你是水果。
那是悲痛与废墟，而你是奇迹。

啊，女人，我不知道你如何包容我
在你灵魂的大地上，在你双臂的十字架中！

多么可怕而短暂，我对你的欲望！
多么困难而沉醉，多么紧张而急切。

亲吻的墓穴，你的枯冢中依然有火光，
果实累累的枝条依旧在燃烧，被鸟儿啄食。

啊，咬过的嘴巴，啊，亲吻过的肢体，
啊，饥饿的牙齿，啊，交缠的身体。

啊，希望与暴力的疯狂交合
我们在其中结合又绝望。

还有温柔，轻如水如粉。
还有那不曾被嘴唇说出的词语。

这是我的命运，我的渴望在这里航行，
我的渴望在这里坠落，在你身上万物沉没！

啊，残骸的深渊，万物落入你，
什么悲哀你没说过，什么悲哀你没沉溺！

从浪尖到浪尖，你仍在呼喊和歌唱。
如同一个水手，站立船首。

你仍在歌中盛开，你仍能踏浪而行。
啊，残骸的深渊，敞开且苦涩的井。

苍白盲目的跳水者，不幸的投石者，
迷途的探索者，在你身上万物沉没！

这是离别的时刻，夜晚扣紧一切时辰表
艰难冷酷的时刻。

大海窸窣作响的腰带束紧海岸。
寒星升起，黑鸟迁徙。

如黎明时的码头般被遗弃。
只有颤栗的影子在我的手中交缠。

啊，远过一切事物。啊，远过一切事物。

这是离别的时刻。啊，被遗弃的人！

爱的十四行诗一百首

献给 玛蒂尔德·乌鲁蒂亚

　　我挚爱的妻子，当我写下这些所谓的"十四行诗"的时候，我备受折磨；它们让我受伤，带给我悲痛，但是我把它们献给你时，我感到幸福辽阔如草原。当我给我自己设置了这项任务的时候，我非常清楚，历代诗人们已经从方方面面，以优雅的赏鉴品味为十四行诗写就了其声如银，或水晶，或炮火的韵律。但是——怀着极大的谦卑——我用木头制成了这些十四行诗；我赋予它们不透明的纯净物质的声音，而它们应该如此传到你耳朵。漫步森林或沙滩，沿着隐蔽的湖泊，在洒满灰烬的纬度地区，你和我捡起一块块纯净树皮，一块块受到水与天气的来来去去影响变化的木头。然后，我用这些柔软的废弃物，用小斧头、砍刀和小刀，我建造了这些爱情的木桩，并以每座 14 块木板搭建了这间小房子，这样你的眼，我所爱慕和歌唱的对象，就能住进去。现在，我已宣布了我爱的根基，我将这个世纪献给你：木制十四行诗之所以能够站立，只因为你给了它们生命。

1959 年 10 月

———— 清 晨

1.

玛蒂尔德：植物，岩石，酒的名字，
大地初生的和最后的事物的名字：
黎明的第一道曙光中长出的词语，
柠檬树爆发的夏日之光。

木船航行穿越而过的名字，
蓝色火焰的波浪围绕着它们：
它的字母是一条河流的水
流经我焦渴难耐的心。

啊，你的名字，显露在盘根错节的藤蔓中
仿佛一扇通向秘密隧道的门
朝向这个世界的芳香！

用你火辣的嘴巴侵入我；审问我
以你夜晚的眼睛，如果你愿意——仅允许我
在你的名字中驾舟逶巡；让我在其间休憩。

2.

爱，何其漫长的道路，才能抵达一个吻，
何其孤独的方式，走向你的陪伴！
在雨中，我们各自循迹而行。
在塔尔塔尔，那里没有黎明也没有春天。

但是你和我，爱，我们在一起
从我们的服饰到我们的根系：
秋日我们在一起，在水中，在臀部，直到
我们能够单独在一起——只有你，只有我。

想想看，博罗亚三角洲的河流
携带了如此众多的石头；
想想看，我和你，被火车和国家分开，

我们只能彼此相爱：
带着所有的困惑，男人和女人，
以及让康乃馨生长并开花的大地！

3.

苦涩的爱，荆棘为王冠的紫罗兰
在充满锋利激情的灌木丛，
悲伤之矛，愤怒的花冠：你是如何到来
征服我的灵魂？经由怎样痛苦的道路？

为何你倾泻你温柔的火焰
如此迅捷，在我生命清凉的枝叶间？
谁为你指了那条路？什么花儿，
什么岩石，什么烟向你显示我的居所？

因为大地震颤——确实如此——，那恐怖的夜；
然后，黎明将美酒盛满它所有的高脚杯；
高高在上的太阳宣示它自身的存在；

在内心，凶猛的爱缠绕
缠绕着我——直到它以它的刺，它的剑，刺穿我
劈出一条满是焦灼的道路，直穿我心。

4.

你将记得那条跳跃的溪流
在那儿，甜美芳香的气味升起摇曳，
有时一只飞鸟，它的冬日羽毛
穿戴水汽和缓慢。

你将记住那些来自大地的礼物：
无法抹去的气味，金色的黏土，
灌木丛中的苇草与疯狂的根部，
神奇的尖刺宛如利剑。

你将记得你捡拾的花束，
阴影与沉默的水，
如一块泡沫覆盖住的石头般的花束。

那段时光好似从未有过，又像永远都在，
因此我们去那儿，那里没有什么在等待；
我们发现在那里万物都在等待。

5.

我不曾拥有你的夜晚，你的空气，或黎明：
我只拥有大地，一簇簇果实的真理，
那些饮了甜美的甘泉就会膨胀的苹果，
你芳香土地上的黏土和松香脂。

从金查玛利你眼睛开始的地方
到你的双脚为我建造的弗兰提拉，
你是我熟悉的黑色黏土：
握紧你的臀部，我就托住了田野上的麦子。

来自阿劳科的女人，也许你并不知晓
在爱你之前，我忘了你的吻。
但是我的心仍在，记得你的嘴——我仍在。

如一个受伤的人那样穿过街道，
直到我明白，爱人：我已找到
我的位置，一片充满热吻与火山的大陆。

6.

迷失在森林中，我折了一根黑色的嫩枝
将它的低语送到我焦渴的双唇上：
或许这是雨水哭泣，
龟裂的钟，或破碎的心的声音。

有事物自远方而来：对我而言它显得
深沉而隐秘，被大地所隐藏，
被叶子潮湿、半掩着的黑暗，
被辽阔秋日所捂住的那一声沉闷呐喊。

从梦中的森林醒来，榛子树的小枝
在我的舌下歌唱，它飘散的香气
穿越我清醒的思想攀升

就像突然间，我遗留在身后的根须
呼唤我，那连同我童年一起消失的国度——
我停了下来，为游荡的香气所伤。

7.

跟我来吧，我说，无人知晓
我的痛苦在哪儿，如何悸动：
没有为我准备的康乃馨和船歌，
只有一条因爱敞开着的伤口。

我又说了一遍：跟我来吧，仿佛我正死去
没人看到月亮在我口中流血
或是涌入沉默中的血
啊，爱人，现在我们可以忘掉那颗带刺的星星了！

那就是为何，当我听到你的嗓音重复那句
跟我来吧，就好像你释放了
悲伤，爱，被软木塞囚禁的酒的愤怒

密封的酒自酒窖深处喷涌：
我的口中再次尝到火的滋味，
血与康乃馨的味道，岩石与烧伤的味道。

8.

假如你的眼睛不是月亮的色彩，
不是充满黏土、劳作、火焰的日子的颜色
假如，你不是在被束缚时仍灵活如空气，
假如你不是琥珀色的星期，

不是那黄色的时刻
当秋日在藤蔓间攀爬；
如果你不是那个面粉洒向天际
芳香月亮揉捏而成的面包，

啊，我最亲爱的，我不会如此爱你！
但是，当我拥抱你，我拥抱一切——
沙粒，时间，雨树，

万物生机勃勃，于是我生机勃勃：
无需移动，我就能看到一切：
在你的生命中，我看到一切生命。

9.

波浪在不安的岩石上破碎
清澈的光爆发，诞生了玫瑰，
大海的环形收缩成一串新芽，
化作一滴蓝色的盐，落下来。

噢，在泡沫中绽放的明亮玉兰，
迷人的暂居者，其死亡盛放
又消逝——存在，虚无——永远：
破碎的盐，大海令人晕眩的跳动。

你和我，爱人啊，我们共同默许了沉默，
当大海摧毁它永恒的雕像，
推倒它迅捷狂野的白塔：

因为看不见的织物在编织，
跃动的水，绵延的沙，
我们建造了仅有的永恒的柔情。

10.

这是种柔和的美——仿佛音乐与木头，
玛瑙、布匹，麦子，被太阳照得通体发亮的桃子
建造了这个朝生暮死的形象。
此刻她对着波浪，散发她的清新。

海水浸湿那些晒黑的双足，复制它们
刚在沙滩上印下的轮廓。
此刻，她是一朵玫瑰阴柔的火焰，
是太阳和大海抗衡的唯一的气泡。

啊，但愿无物能触碰你，除了清冷的盐！
但愿，即便是爱，也不能打扰那个完整的春日！
美丽的女人，无尽泡沫的回声，

但愿你在水中轮廓优美的臀部
创造了新的测度方法——天鹅，百合——，仿佛
你的形体漂流，穿越那永恒的水晶。

11.

我渴望你的嘴，你的声音，你的头发。
沉默而饥渴，我潜行于街巷。
面包无法滋养我，黎明让我纷乱，终日
我搜寻你步履的流动的韵律。

我渴盼你光亮优美的笑，
你有着荒蛮收割时色泽的手，
渴盼你那指甲的苍白玉石，
我想吞下你的肌肤就像吞下一整颗杏仁。

我想要吞下你可爱身体内闪耀的日光，
你傲慢的脸上至高无上的鼻子，
我想要吞下你睫毛下飞逝的阴影，

我嗅着暮色，饥渴地踱来踱去，
搜寻你，和你炙热的心，
仿佛一只基特拉杜荒野中的美洲狮。

12.

丰满的女人，肉做的苹果，热烈的月亮，
海藻的浓郁气息，假面舞会的烂泥与灯光，
什么神秘清晰的事物开启并穿过你的圆柱？
男人的感官触碰到怎样古老的夜晚？

啊，爱是一段携水带星的旅程，
有令人窒息的空气和面粉的风暴；
爱是闪电的触碰，
两具身体臣服于同一种甜蜜。

一个吻接着另一个吻，我探寻你小小的无限，
你的边界，你的河流，你的小村庄，
生殖的火焰——变形的，愉悦的——

滑过血的狭窄通道
直到它喷涌而出，迅捷无比，如一束夜晚的康乃馨：
直到它什么也不是，除了在阴影中的一缕微光。

13.

光线自你的双足至头发，升起，
包裹你精致身躯的那股力量，
不是珍珠母，不是清冷的银：
你是面包制成的，一片被火爱慕的面包。

谷物在它丰收的季节窜得很高，你在体内，
面粉在好时辰适时膨胀；
如发酵的生面团，你的双乳加倍地膨胀，
我的爱如地心中的煤炭在等待。

啊，面包是你的额头，你的双腿，你的嘴，
被我贪婪吞食的面包，伴着晨光出生，
我的爱，你是面包房的信号旗：

火焰教会你血的一课；
面粉教会你圣洁，
面包教会你语言和芳香。

14.

我没有足够的时间赞美你的头发。
一根，又一根，我应该细数你的发丝并颂扬它们：
别的恋人们，想与特别的眼睛一起生活，
我只想做你的设计师。

在意大利他们叫你"美杜莎"，
因为你高耸的发亮的发型。
我叫你"卷毛""我的缠结者"；
我的心知道你头发的门径。

当你在自己的头发中迷失，
千万记得我，记得我爱你。
别让我走神迷路——迷失在没有你头发的
世界——

穿越黑暗的世界，我被空荡荡的道路上
阴影与漫游不定的悲伤网住，
直到太阳升起，照亮你高塔般的头发。

15.

大地早就认识你：
你坚定如面包，如木头；
你是一具肉身，一串绝对物质；
你拥有相思树的引力，黄金蔬菜的重量。

我知道你存在，不仅因为你的眼睛张开
照亮万物，如一扇打开的窗——
还因为你是泥造的，你被奇廉的火炙烤，
在令人惊叹的土窑里烧制而成。

众生：他们如空气，水，寒冷般瓦解。
他们面目模糊，时间刚触及，
就消失不见，仿佛它们在死亡前已碎成尘土。

但是你，将与我如一块岩石落入坟墓：
多亏我们的爱，永不枯竭的爱，
大地将与我们生生不息。

16.

我爱你这一小握大地。
因为它的草原，辽阔如行星。
我没有其他的星星。你复刻了
不断繁衍的宇宙。

你的大眼睛是我从熄灭的星群中
唯一所知的光芒；
你的皮肤悸动如流星
穿过雨水时的那道光路。

对我而言，你的臀部就是月亮；
你的深邃的嘴和它的欢愉，就是我的太阳；
你的心，满怀激情地燃烧着它长长的红光，

就像炽烈的光芒，就像浓荫下的蜜糖。
所以我穿过你烧着的身体，亲吻你
这具紧实的星体，我的鸽子，我的地球仪。

17.

我爱你，并不将你当成盐玫瑰，或黄玉，
或火光射出的康乃馨之箭。
我爱你，就像爱恋那些幽暗的事物，
秘密地，在阴影与灵魂之间。

我爱你，如爱一株从不开花
但是却有隐匿花朵的光芒的植物；
因为你的爱如坚固的芳香，
从大地升起，在我体内秘密地存活。

我爱你，并不知晓如何爱，何时爱，从哪里开始爱。
我爱你，如此直率地，既不复杂也不傲慢；
我爱你，因为我不知道除此之外还有别的方式。

更甚于此：我不存在的地方，你也不在，
如此贴近，你放在我胸前的手就是我的手，
如此亲密，你闭上双眼就像我睡着了。

18.

你行动似穿行在山间的清风，
犹如雪下涌出疾驰的溪流：
你的浓发颤动如太阳
高耸的装饰，为我反复展示。

所有高加索落下的光，洒向你的身体
仿佛一个无限折射的小花瓶，
瓶水在其中更换衣物并且
随着远方河流的每一次流动歌唱。

古战道在山间蜿蜒穿行，在它的下方
是古老的军事防御工程：流水
在他们矿物般的手中闪亮如一柄锋利的剑：

直到森林突然向你递过来
开了几朵蓝花的——小嫩枝——或闪电，
以及带着狂野气味的奇特之箭。

19.

当黑岛辽阔的大海泡沫，
蓝色的盐，浪花中的阳光溅落你身上，
我观察工作中的蜜蜂，
沉醉于它的宇宙甜蜜中。

它来来去去，平衡于它苍白的直飞
仿佛它在无形的线上滑行：
它优雅的舞蹈，它饥渴的腰身，
它卑劣小针的暗杀。

穿越一个橘子与汽油合成的彩虹
它狩猎，犹如一架草坪上的飞行器；
它带着隐蔽的尖刺飞行，然后消失：

那时你正好裸身从海中现身
重返满是盐与阳光的世界：
反射的雕像，沙中的剑。

20.

我的丑人儿，你是一株凌乱的栗树。
我的美人，你美如清风。
丑：你的嘴足有两张嘴那么大。
美：你的吻清新如新摘的甜瓜。

丑：你将你的胸藏到哪了？
它们贫瘠如两小勺麦子。
我宁愿看见你的胸前悬挂两个月亮，
两座丰满骄傲的高塔。

丑：甚至大海也没有你脚指甲里的东西多。
美：花伴着花，星伴着星，浪伴着浪，
爱人，我已为你的身体建造了花名册：

我的丑人儿，我爱你黄金的腰身；
我的美人，我爱你额上的皱纹。
我的爱：我爱你的明澈，你的幽暗。

21.

要是爱的味道遍洒我身！
——一刻也不能没有春天！
我只肯将我的手卖给悲伤，
我最亲爱的：此刻留下你的亲吻吧。

以你的芳香将月份的光芒拒之门外；
用你的头发关闭所有的门。
只是别忘了，假如我从哭泣中醒来
只是因为在梦中，我是一个迷途的孩子

穿过夜晚的枝叶寻找你的双手，
寻找你麦子般的爱抚，
寻找阴影和能量的闪烁狂喜。

啊，我最亲爱的，你和我一起穿越你的梦境
那里除了阴影别无他物：
你告诉我光明何时重返。

22.

爱人，多少次我爱着你却不见你——
爱着你却不记得你——
我认不出你的目光，没有注意到一株龙胆草
长错地方，在炎热的正午备受煎熬，
但我爱着的，只有小麦的味道。

或许我看着你，想象你端起酒杯
在安格尔，借着夏日的月色；
或者，你是我在阴影中随意弹起的吉他的腰身
喧响如澎湃的大海？

我不自知地爱你；我搜寻关于你的记忆。
我闯入房子偷走你的肖像，
尽管我已知晓你的模样。突然地，

我抚摸了身边的你，我的生命
停顿了：你站在我面前，像一个女王统治我：
犹如森林中的野火，那火焰就是你的领地。

23.

用于光明的火焰，以仇恨的月亮为面包，
茉莉花涂抹它瘀伤的秘密：
然后，来自恐怖的爱，柔软白皙的手
将和平注入我的眼，阳光注入我的感官。

啊，爱人，多么迅捷，你在伤口处
建筑了甜蜜的稳固！
你击败了魔牙利爪，此刻
我们合一立在世界面前。

这情形"它曾是"，"它就是"，"它将是"，
我野性甜美的爱人，我最亲爱的玛蒂尔德，
直到时间用白昼最后一朵花，为我们发送信号：

那时，将没有你，也没有我，没有光，
大地之外，在它神秘莫测的幽暗之外，
我们的爱的光芒将继续闪耀。

24.

爱人啊，爱人，云朵攀上了天塔
如一个得意洋洋的洗衣女，一切
都在蓝色的光辉中闪耀，一切都像一个孤星，
大海，船只，白日，一起被放逐。

来看看这种天气里水中的樱桃，
快速宇宙的圆钥匙：
快来触摸这瞬息的蓝色火焰，
在它的花瓣萎逝之前。

这里别无他物，除了光，数量，一簇簇，
被风的恩典打开的空间，
直到它交出了泡沫最后的秘密。

在如此众多的蓝之间——天空的蓝，沉没的蓝——
我们的眼睛有点迷惑：几乎难以察觉
空气的力量，海中秘密的钥匙。

25.

爱人，在爱你之前，没有什么属于我：
我在大街上游荡，徘徊于不同事物间：
没什么是重要的，也没有名字：
世界只是一团等待的空气。

我熟悉满是灰尘的房间，
月亮居住的隧道，
被遗弃的残酷的机棚，
沙粒中坚持的问题。

一切都是空虚，死寂，哑然，
堕落，废弃，衰败：
不可思议地陌异，一切

都属于别的人——又不属于任何一人
直到你的美和你的贫困
以礼物填满秋日丰饶。

26.

无论是伊基克令人生畏的沙丘的颜色，
还是危地马拉杜瑟河的河口：没有什么
能改变你那被麦子征服的侧影，
你葡萄般的线条，你吉他似的嘴巴。

啊，我的心上人，我的自己，一切沉寂以来，
自纠缠的藤蔓统治的山地
到荒无人烟的灰色大草原：在每一处纯净的
景观，大地都在模仿你。

无论是群山羞赧的矿物的手，
或西藏的雪，或波兰的石块——没有什么
能改变你那游走的麦粒的身姿：

犹如黏土或麦田，吉他或奇廉的一簇簇果实
它们明白在你心中的地位：执行野性月亮的
旨意，捍卫在你身上它们的疆土。

27.

你赤裸着，纯真如你的一只手，
光滑，质朴，小巧，透明，圆润，
你拥有月亮的曲线，苹果的纹理，
你赤裸着，纤细如一颗光滑的麦粒。

你赤裸着，蓝得就像古巴的夜色；
你的头发中有藤蔓和星星；
你赤裸着，宽阔、明黄
如金色教堂的夏日。

你赤裸着，你小如你的一枚指甲——
卷曲，精巧，红润，直到白昼诞生
你撤回到那个地下世界，

仿佛滑向了衣物和杂活的长长的隧道：
你明亮的光变得昏暗，梳妆打扮——叶片纷落——
然后，再一次变回赤裸的手。

28.

爱人，种子到种子，星体到星体，
风带着它的网穿过黑暗的国家，
战争穿着血鞋子，
即便是白昼，也满是荆棘的夜。

无论我们去了哪儿，岛屿、桥梁、旗帜，
那里有飞逝秋日的小提琴，千疮百孔；
酒杯边幸福的回声；
悲伤以眼泪的教训，阻滞我们。

风鞭打所有那些共和国——
它傲慢的楼阁，它冰冷的头发；
随后，它归还花朵，让它们回来工作。

但是，从没有枯萎的秋天触碰我们。
在我们稳固的居所，一棵爱的小苗发芽、成长：
如露珠般自然而然地取得权利。

29.

你来自贫穷，来自南方的家庭，
来自寒冷和多地震的崎岖景观
——那些神灵在翻滚中
倒向死亡——生命的教训，在黏土中塑形。

你是一匹黑色黏土做的小马。黑泥做的
吻，我的爱，黏土做的罂粟，
暮色中，沿途飞翔的鸽子，
我们贫困童年眼泪的储钱罐。

我的小人儿，你身上仍保存贫穷的心，
你的双脚习惯了尖利的岩石，
你的嘴少有面包，或糖果。

你来自贫穷的南方，那是我灵魂开启的地方；
在天上，你的母亲仍在洗衣物
与我的母亲一起。我因此选你做我的伴侣。

30.

你拥有群岛落叶松似的浓密头发，
几个世纪形成的肌肤，
熟知林海的静脉，
自空中滴落记忆的绿血。

没有一个人能从那些树根中，
叠加在水面上鲜亮刺眼的阳光中
找回我失落的心。
那是不随我而去的影子的居所。

那就是你为什么像一座岛屿从南方升起
头上缀满羽毛和林木：
我闻到了漂流森林的气息，

我自林间找到了我熟悉的黑色蜂蜜；
在你的臀部，我触摸到那与我
一起诞生，塑造我灵魂的阴郁的花瓣。

31.

我骨头的小小女王，我加冕你
以南方的月桂和洛塔的牛至。
你不能没有这顶王冠，它是大地
以香脂和绿叶为你打造。

正如那个爱你的男人，你也来自绿色的省份；
从那儿带回了在我们血液中奔流的黏土。
我们如其他乡下人一样，在城市漫游，不知所措，
担心市场在我们抵达前关门。

最心爱的，你的影子有李子的芳香；
你的双眼扎根在南方；
你的心是状如鸽子的黏土玩具。

你的身体光滑似水中石块；
你的吻是一串串新鲜带露珠的水果。
我在你身旁生活，宛如与大地一起生活。

32.

这间房子——连同它的真理
在今早一团忙乱，毛毯和羽毛，一天的开始
已在波动中——在秩序和睡眠的地平线之间
漂流如一艘可怜的小船。

事物只想拖拽它们自身前行：
遗骸，无所依附者，冷酷的遗产。
隐于纸张后，枯萎的元音；
而瓶中酒更愿延续昨日。

但是你————万物秩序的安排者——你穿梭
闪亮如蜜蜂，探索遗失在黑暗中的空间：
用你白色的能量征服光。

如是，你在这里建立了全新的清晰，
而事物服从，跟随生命的风：
秩序建立，面包，鸽子各安其位。

中　午 ——

33.

爱人，此刻我们就要回家，
那里葡萄藤蔓爬满了棚架：
夏日赤裸它忍冬的脚，
先于你抵达你的卧室。

我们流浪的吻，漫游整个世界：
亚美尼亚，从地下挖掘的一团蜂蜜——：
锡兰，绿色的鸽子——：扬子江以它的古老
古老的耐心，分开了日与夜。

而如今，最心爱的，我们返回，穿过那劈啪作响
的大海
犹如两只瞎眼的鸟飞向它们的墙，
飞向它们遥远春天的巢穴：

因为，爱不能总是飞翔却没有休憩，
我们的生活回到那面墙，回到那片海的岩石：
我们的吻，回到它们所属的家。

34.

你是海的女儿，牛至最亲的表亲。
泳者，你的身体纯净似水，
厨娘，你的血液欢快如土地。
你做的每件事都充满鲜花，伴有大地的丰饶。

你的双眼望向水，而水波涌起：
你的双手伸向大地，而种子膨胀；
你熟知水与大地的精华，
它们在你身上合二为一，犹如黏土的配方。

水中的仙女：将你的身体切割成绿松石的碎片，
而厨房中，它们将复活绽放。
如是，你成为万物而存活。

因此，最终你入眠，在我双臂的环抱中
为你推开阴影，如此你便可休憩——
蔬菜，海藻，草本：你梦中的泡沫。

35.

你的双手从我的眼睛飞向白昼。
光明抵临并打开如一座玫瑰园。
沙子与天空跳动似筑在
绿松石上一窝最后的蜂巢。

你双手触摸音节,它们鸣响如钟,
触摸杯子,装满黄油的桶,
触摸花瓣,喷泉,尤其是爱,
爱人:你纯洁的手护卫着长柄勺。

那个午后……是。夜晚静悄悄地
滑过一个睡眠中的男人,它的天堂般的睡袋。
金银花释放它悲伤而狂野的气味。

然后,你的手挥来,又挥去:
它收拢了翅膀,它的羽毛我曾以为已丢失,
被越过我眼睛的黑暗所吞没。

36.

我的心儿，芹菜与木盆的女王，
弦和洋葱的小豹子，
我爱观看你小小帝国的
火花：你的武器，蜡，酒和油，

大蒜，为你双手打开的大地，
在你手中点燃的蓝色原料，
梦境转世为沙拉，
蜷缩于花园中软管上的蛇。

你带着你的镰刀，撩开香气，
你带着刺激的肥皂沫，
爬上我疯狂的阶梯。

你甚至掌管我的字迹，它的风格，
哪怕是我笔记本中的沙粒——那些篇章中
消失的音节，都在寻觅你的嘴巴。

37.

哦，爱人，哦，疯狂的阳光与紫色的不详预兆，
你走向我并爬上你凉爽的楼梯，
那座被时间以烟雾加冕的城堡，
封闭之心的苍白的墙。

无人知晓仅有无比精妙才能
建造坚固如一座城的水晶：
鲜血浇开它悲伤的隧道，但是它的力量
从未征服过凛冬。爱人，

那就是为什么你的嘴，你的肌肤，你的光芒，你
的悲伤
全是生命的遗产，是来自雨水
来自大自然的恩赐

握紧并举起那受孕种子的大自然，
酒窖中酒水的秘密风暴，
大地之上玉米的光焰。

38.

正午时，你的房子听起来仿佛一列火车：
蜜蜂嗡嗡响，水壶歌唱，
瀑布列出细雨的作为，
你的大笑如一株棕榈树旋出它的颤音。

正如一个乡下男孩带着一份歌唱的电报到来，
墙上的蓝光和岩石交谈，在那里——
荷马穿着他安静的便鞋，爬上两株嗓音青翠的
无花果树间的小山丘。

只有在这里，这座城才会寂静无声，没有嘴巴，
没有残酷无情的事物，没有奏鸣曲，没有叫嚷或
汽车的喇叭声：
在这儿，取而代之以瀑布与狮子相配的安静

而你——起身，歌唱，奔跑，走路，弯腰，
种植，缝纫，做饭，捶打，写作，回返——
或者你已离开——？（那时我就知晓凛冬来临）。

39.

但是我忘记了——
你的手培育根，浇灌缠结的玫瑰，
直到你的指纹在自然的宁静中
如花般全然绽放。

锄头和喷雾，犹如你的宠物
如影随形，舔咬着大地。
这工作就是你如何释放这肥沃，
康乃馨的火红鲜艳。

我想要将蜜蜂的爱与尊严留给你双手，
在泥土中，混合并散播
它们透明的幼蜂：它们甚至开垦我的心灵，

于是，我犹如一块烧焦的石头
当你靠近我时它突然开始歌唱，因为它
啜饮了你的声音中从森林带来的甘泉。

40.

寂静是绿色的；光是潮润的；
六月颤动，如一只蝴蝶；
而你，玛蒂尔德，穿过正午，
穿过南方的疆土，穿过大海和岩石。

你带着你的铁锈花，
还有被南风折磨得支离破碎又被弃置的海藻
但是你的手，因腐蚀的盐龟裂，却依旧洁白，
采集那长在沙子中开花的根茎。

我爱你纯粹的天赋，你完整如石块的肌肤，
你的指甲，阳光下你的手指的献礼，
你的嘴满溢着欢乐。

啊，我深渊旁的房子，给我
深陷寂静中备受折磨的架构，
大海的亭台，被遗忘在沙中。

41.

一月艰难的时光，当冷漠的正午
在空中划出它的等式。
如杯中酒，一块坚硬的黄金
填满大地，直到它蓝色的边界。

季节的艰难时辰，犹如小葡萄
蒸馏出绿色的苦涩，
那时光中隐匿的迷茫的眼泪，一簇簇
膨胀，直到坏天气将它们尽数剥光。

是的：种子的胚芽，悲伤，一切在一月劈啪作响
的
光芒下因惊惧而颤动的事物。
都将成熟，燃烧，如烧熟的果实。

而我们的问题将分崩离析，灵魂
如风般吹荡，我们生活的地方
将再次焕然一新，桌子上摆上了新鲜的面包。

42.

光芒四射的日子在水面滚动，强烈如
一块黄色岩石的内部，它的光辉如蜂蜜：
那没有被任何动荡所摧毁的部分。
始终保持它矩形的纯净。

没错：日光似火劈啪作响，或是如蜜蜂，
埋身叶片，继续它的绿色工作：
直到顶端的枝叶抵临
一个闪烁低语的光明世界。

火焰的欲望，夏日的枯焦和丰富，
以少许绿叶建造的伊甸园——；
因为阴郁脸庞的大地不想要苦难；

它想要的是为每个人提供新鲜——火——水——
面包；
什么都不该拆散人民
除了太阳或夜晚，月亮或树枝。

43.

在所有其他人中，我寻觅你的踪迹，
在湍急波涌的女人河流中，
花瓣子，羞怯地垂下的双眼，
脚步轻盈，滑过浪花。

突然之间，我想我能辨认出你的指甲——
椭圆，敏捷，樱桃的侄女——：
然后是你的头发一闪而过，
我看到了你的形象，一堆在水中燃烧的篝火。

我寻觅，但是没有人拥有你的韵律，
你的光芒，你自森林中带来的阴凉日子；
没有人拥有你那小巧的耳朵。

你就是全部——绝对的——万物在你身上归于一，
因此我跟随你，跟随你漂流。
爱着宽广的密西西比河，流向女性的海洋。

44.

你一定知晓我不爱你就是我爱你的方式，
因为万物都有它的两面；
言语是沉默的一只翅膀，
焰火也有它冷酷的一半。

我爱你是为了开始去爱你，
去重新开启无限
并永不停歇地爱你：
那就是为何我尚未爱你。

我爱你，我也不爱你，就好像我的手中
握有一串通向快乐未来的钥匙——
一种混乱而凄惨的命运——

为了爱你，我的爱拥有两次生命：
那就是当我不爱你的时候正是我爱你的时候，
也是我那样做的时刻我爱你的缘故。

45.

不要走远，哪怕只有一天，因为——
因为——我不知该怎样讲：一日是如此漫长
而我会等候你，如同在一个空车站中等待
那列停靠在别的地方睡着的火车。

别离开我，哪怕只有一小时，因为
一点一滴的痛苦会汇聚在一起，
四处漫游寻找栖息之所飘向我的
烟雾，窒息我迷失的心。

啊，愿沙滩上你的剪影永不消逝；
愿你的眼睑永不振翼向空无的远方。
一秒也别离开我，我最心爱的，

因为在你走远的瞬间
我会迷惘地游荡整个大地，追问，
你还会回来吗？你会留下我在这里等死吗？

46.

在所有我所爱慕的星星中，浸润
在不同的河流与迷雾中，
我只选择为我所爱的那一个。
从此，我便与黑夜共枕。

在所有的波浪中，一浪接着一浪，
绿的海，绿的冷，绿的枝杈，
我只选择那一浪，
你身体的看不见的波浪。

所有的水滴，所有的根，
所有的光线，在这里向我聚拢；
它们或早或晚，总会抵临我。

我想要你的秀发，全都属于我。
所有来自我祖国的恩典中
我只选取你那颗狂野的心。

47.

我想回头看看你的时候，看见你在树枝间。
渐渐地，你变作果实。
毫不费力地，你从根部升起，
唱着你充满汁液的音节。

在这儿，你首先是一朵香花，
化身一个吻的雕塑般的形象，
直到太阳和大地，血和天空，在你身上
充满它们甜蜜和欢乐的许诺。

在那些枝条中，我将辨认出你的秀发，
你的形象在叶片中成熟，
带来那花瓣，更近我的渴盼，

而我的嘴里全是你的气息，
吻从大地上升起
伴着你的血，情人果实的血液。

48.

两个幸福的情侣制作一块面包，
草坪上的一滴月光。
漫步时，他们投过来一双流动在一起的影子；
醒来时，他们空留一个太阳在他们的床上。

所有可能的真理中，他们选取白昼；
他们抓紧它，不是用绳索而是用某种香氛。
他们并没有切碎和平；他们也没有粉碎词语；
他们的幸福是一座透明的塔。

空气和美酒伴着那对情侣。
夜晚以其快乐的花瓣愉悦他们。
他们拥有能够拥有一切康乃馨的权利。

两个幸福的情侣，没有终结，没有死亡，
他们出生，他们死亡，他们存活许多次：
他们拥有自然的永恒生命。

49.

就是今日：昨日的一切已远走
在光亮的手指和睡意朦胧的眼睛间溜走。
明天将以它绿色的脚步抵临；
无人能阻挡黎明的河流。

无人能阻挡你双手的河流，
你的眼睛和它们的睡意，我最亲爱的。
你是时间的颤栗，在垂直的光
和暗沉的天空间穿梭。

天空在你身上收拢它的翅膀，
举起你，将你带到我的怀抱
以它的准时和神秘莫测的礼仪。

我因此对着白昼和月亮歌唱，
对着大海、时间、所有的星体，
对着你日复一日的嗓音，和你夜晚的肌肤歌唱。

50.

科塔波斯说你的笑声
犹如一只鹰从一座石塔降落。这是真的。
天空的女儿，你仅用你闪电的一划
就分开世界和它的绿叶。

它落下，它雷鸣：露珠的舌头，
钻石之水，光伴随蜜蜂
跃升。那里有长胡子的寂静居所，
小光弹爆炸，太阳和群星从天空

降落，伴着它浓影的夜晚，
在满月中发光的铃铛和康乃馨，
制马鞍的人的马飞驰。

因为你小巧如是，就让它
划破：让你笑声的流星雨
飞翔：激活事物的自然之名。

51.

你的笑声，它让我想起一株被闪电
劈开的树，从天而降的
一道银霹雳削去树梢，
被它的剑切成一片片。

为我所爱的如你的笑声，
它只存于高地的树叶和雪花中，
在高空爆发释放空气的笑声，
亲爱的：这阿劳科人的传统。

啊，我的山峦女人，我澄澈的奇廉火山，
你的笑声刺穿阴影，
刺穿夜晚，清晨，刺穿正午的蜂蜜：

当你的笑宛如一道奢华的闪电
穿透生命之树
树叶上的群鸟在空中飞跃。

52.

你唱歌，你的声音剥下白昼的
谷物的外壳，你的歌声伴着太阳和天空，
松树用它们绿色的舌头交谈：
冬天的鸟群都吹着口哨。

大海的地窖中满是脚步声，
钟声，索链，啜泣声，
工具和金属的撞击声，
商队的车轮嘎吱声。

但是，我所听到的，唯有你的声音，你的嗓音
犹如一支箭，以它的活力和精准高飞，
伴着雨水的重力降落，

你的声音驱散了最高处的剑
并带着它的紫罗兰回返：
它伴着我穿越天际。

53.

这里有面包——美酒——桌子——房子：
这是一个男人的需求，也是女人的，生活的。
和平盘旋穿过，在这里定居：
共同的火燃烧，照亮此地。

赞美你的双手，赞美它飞快制作出
它们洁白的创造物，歌声与食物：
万岁！为你忙碌的双脚的健康；
万岁！那用扫帚舞蹈的芭蕾舞演员。

那些汹涌澎湃满是威胁的河流，
备受折磨的泡沫的楼阁，
燃烧的蜂巢和暗礁：今天

它们得以喘息，你的血在我之中，
这条路径，如夜的蓝色星空，
这永不止尽的简单温柔。

黄 昏 ——

54.

明亮的思想，群聚独裁的
聪明恶魔，正直的正午——
我们终于到了这里，孤单，却不孤独，
远离野蛮城市的疯癫。

正如纯净的线条显现鸽子的曲线，
正如火焰荣耀并滋养和平，
你和我创造了这天堂般的成果。
思想与爱，赤裸着同居在这房子里。

狂怒的梦，苦涩河流的确定性
比铁锤之梦更为艰难的决定
全部流入这对情人的双人杯中，

直到那对双生子被举起
在天平上平衡：思想与爱，犹如两个翅膀。
——因此这种一目了然得以建立。

55.

荆棘、破碎的玻璃，疾病，哭泣：它们整日
围攻那甜美的惬意。既不是高塔，
也不是高墙，就连秘径也无济于事。
烦恼渗透，进入沉睡者的宁静。

悲伤起起落落，带着它深沉的勺子到来，
没有人能够无需这无休止的运动而存活；
没有它，将没有出生，没有屋顶，没有篱笆。
它发生了：我们必须正视它。

闭上双目陷入爱情，无济于事，
柔软的眠床也无法远离恼人的病人，
或打着旗号，步步紧逼的征服者。

因为生命跳动如愤怒的胆汁，如一条河：它打开
一条眼睛凝视我们的血道，
那来自悲伤的大家族的眼睛。

56.

习惯了看见我身后的影子，接受那
洗尽怨憎后你洁净的双手
它们仿佛河水的清晨所造。
我的爱，盐将它水晶般的比例献给你。

嫉妒备受折磨，断气，我的歌消耗殆尽；
一个接着一个，它悲伤的船长挣扎着，然后死去。
我说"爱"，世界便飞满鸽子。
我的每个音节都召唤春天的来临。

然后你便如花盛开地到来，我的心，我最心爱的：
在我眼睛之上，犹如天空的叶片，
你就在那里。我躺在大地之上，仰望你。

我看见太阳将它的花苞献给你的脸庞；
仰望天空，我认出你的脚步。
噢，玛蒂尔德，我最心爱的，荣耀的王冠欢迎你！

57.

那些说我失去月亮的人，他们都是骗子。
那预言我的未来将是一片荒漠的人。
那冷言冷语讲了太多流言的人：
他们妄图禁止宇宙之花。

"那灵活的美人鱼的琥珀色
已经终结。如今，他只有人民。"
他们咀嚼他们没有止尽的报纸，
他们阴谋遗忘我的吉他。

但是，我扔——哈！掷向他们的眼！——用那支
刺穿你我之心的爱情的夺目的长矛。
我收集你的脚步留下的茉莉。

没有你眼睑的光芒
我迷失在黑夜，当夜晚包围我
我再次诞生：我是我自身黑暗的持有者。

58.

置身于文坛的刀来剑往中
我犹如一个异国水手游荡，对他们的街道
或他们的角角落落，却全然无知。我歌吟
只为歌吟本身，倘不如此，还能有什么？

从风暴的群岛我带来了
我多风的手风琴，疯狂的雨浪，
以及自然事物的习惯性迟缓：
它们造就我这颗野性难驯的心。

当文学的尖牙利齿
啃咬我诚实的脚后跟
我毫不迟疑地前行，伴着风歌唱，

朝向我童年的多雨的船厂，
朝向我难以定义的南方的凉爽森林，
朝向我的心弥漫着你的芳香的地方。

59.

（G.M.）

可怜不幸的诗人：他的生命与死亡同时
被相同的黑暗执拗所伤害，
然后被没有头脑的奢华所窒息，参加仪典，
参加葬礼，如同一个爪牙。

如今，他们似卵石难以分辨，跟随在
傲慢的马群后，睡眠
却没有安宁，置身于他们的宠臣间——
终于被入侵者征服。

然后，他们确认死者已死，一劳永逸
在他的葬礼上，用火鸡，猪，以及其他演说家
庆祝他们涕泪纵横的盛宴。

他们蓄意谋害他的死，如今又诽谤它——
只因他已闭上嘴：
再也不能用他的歌抗议。

60.

那些想伤害我的人伤了你，
对我而言，那一剂秘密毒药
犹如一张穿过我作品的网——但是
它们却给你留下它的锈污和失眠。

爱人，我不想要那妨害我的仇恨
遮住你额间盛开的月亮；
我不想要那些愚蠢随意的深仇
将它刀斧的王冠扔向你的梦。

苦涩的步履跟随我；
一个可怕的鬼脸嘲弄我的笑；妒忌
吐出它的诅咒，狂笑，在我歌唱的地方咬牙切齿。

还有，爱人，生活赐予我的暗影：
一套空荡荡的衣服一瘸一拐地追逐我，
宛如一个血腥大笑的稻草人。

61.

爱情拖曳着它痛苦的尾巴，
在它身后一长串静态的荆棘丛生
我们紧闭双眼，空无一物，
没有任何伤口能分开我们。

这哭泣，它不是你眼睛的错；
而你的手也没有抽出那利剑！
你的脚没有搜寻这道路；
这阴郁的蜂蜜找到了自己的方式，
通向你的心的路。

当爱如巨浪
裹挟着我们，将我们撞碎在巨石前，
它又将我们碾成一团面粉；

这悲哀降临到另一张更加甜美的脸上：
因而在光明大放的季节
这个受伤的春日是被祝福的。

62.

悲哀是我，悲哀也是我们，我的心肝：
我们所要的仅仅是爱，彼此相爱，
但是置身于众多的悲伤中，
仿佛只有我们俩命中注定受到如此伤害。

我们只要我们为自身所求的那个你和那个我，
那亲吻的你，那个秘密面包的我：
就是这样，无比简单，
直到仇恨穿窗而入。

他们憎恨，那些不爱我们的爱
也不爱其他的爱：那些人
悲惨如一间空房间里的椅子——

直到他们缠斗在灰烬中，
直到他们不详的脸
逐渐在暮色中退隐。

63.

我漫步：不仅穿过荒原，那里盐石
如唯一的玫瑰，一朵花深埋海底——
还走在水流凿穿积雪的河岸
就连严酷高耸的山峦也感受过我的步履。

我的野蛮国度纷乱复杂哨声四起，
致命之吻紧锁丛林的藤本植物的藤蔓，
边飞边甩落寒颤的鸟儿的潮润的哭泣：
啊，狂暴泪水和迷失忧伤的王国！

铜器表层的有毒肌肤，伸展
如一尊破碎、雪白雕像的硝石：
它们是我的，但是
不止它们：还有葡萄园，
春天赏赐我的一株株樱桃树，

它们也是我的，而我也属于它们，
犹如一颗黑色微粒
在那干涸之地，在葡萄表面的秋光中，
在这被雪塔升起的金属质地的祖国。

64.

我的人生被如此丰富的爱染成紫色，
我如一只盲鸟在慌乱间匆忙转向
直到我来到你的窗前，我的朋友：
你听见破碎之心的低语。

自阴影中我飞入你的胸口：
毫无知觉地，我飞上小麦的塔尖，
我涌向你双手的生活，
我从海中攀向你的欢愉。

爱人，无人能估算出我对你的亏欠，
我所亏欠你的如此明晰，它就像
来自阿劳科的根，这就是我的所欠，爱人。

显而易见地，它就像一颗星，所有我亏欠你的，
恰如旷野中的一口井
在那里时间守护着漫游的闪电。

65.

玛蒂尔德，你在哪儿？在下面，我注意到，
在我的领带之下，心脏之上，
肋骨间一阵忧伤的悲痛，
你消失得如此迅捷。

我需要你能量的光芒，
我环顾四周，吞灭希望。
我凝视没有你的空虚，就像一所房子
什么也没留下，空余悲伤的窗户。

天花板全然缄默地聆听
远古无叶的落雨声，
聆听羽毛，以及被夜晚囚禁的一切。

如此，我等待你，宛如一所寂寞的房子
直到你再次看见我并住进我心里。
直到那时，我的窗子始终痛苦着。

66.

我真的不爱你——除非因为我爱你；
我自爱中来，走向不爱你，
从等你到不再等你
我的心从严寒走向——

火焰。我爱你，仅仅因为你
是我所爱的；我恨你没有尽头，我恨你恨得
屈身向你，测度我变化无端的爱的标准
却是我没看见你我就爱你了

盲目地。或许一月的光
将以它残酷的射线
消耗我的心，盗取我通往真正宁静的钥匙

在故事的这一部分中，我是那个
死去的人，唯一的死者，我将因爱而死，因为我
爱你，
因为我爱你，爱人，在火中，在血中。

67.

南方来的大雨落在黑岛
犹如单独一滴，清晰而沉重，
大海打开它凉爽的叶片并接收它，
大地学习如何用它潮湿的命运

斟满酒杯。在你的亲吻中，我的灵魂，请赐予我
来自这几个月来含盐的水，田野上的蜂蜜，
被天空的上千个嘴唇濡湿的香氛，
冬天里大海的神圣耐心。

一些事物召唤我们，所有的门
自行打开，雨声向窗户重复它的流言蜚语，
天空向下生长直到它触到根须：

日子织织停停它的天网，
伴着时间，盐，耳语，成长，道路，
一个女人，一个男人，以及大地之上的冬日。

68.

（船首塑像）
木制的女孩，她不会赤足走到这里；
忽然之间，她现身沙滩，坐在鹅卵石上，
她头上戴满古老的海洋之花，
表情流露根须的惆怅。

她在那里停驻，守望我们的公开生活，
地球之上，运动、存在，来回往复，
就像白昼渐次褪色的花瓣。她守护我们
却不看着我们，那木制的女孩：

远古的浪花为她冠冕，
她用那双海难的眼睛望出去。
她知晓我们生活在一张遥远的

时间之网中，以及水和浪，噪音和雨水之网中，
她毫不知晓我们是否存在，亦或我们只是她的梦境。
这就是这木制女孩的故事。

69.

或许，空无就是没有你，
没有你走动如一朵蓝色的花
将正午切割，没有你漫步
穿过烟雾和鹅卵石，

没有你握在手中的光，
金黄璀璨，或许其他人看不见
又或者，无人知晓成长好似
一朵玫瑰的红色序曲。

总之，没有你的现身：没有你的到来
突如其来又振奋人心，前来了解我的生命。
玫瑰花丛的阵风，风的麦浪。

从此我在，因为你在，
从此你在，我在，我们同在，
穿越爱情，我将在你也将在，我们将同在。

70.

或许——我确实没有流血——但我却受伤了，
沿着你生命的一道光行走。
在丛林中央，水阻止了我的去路，
雨水从天而降。

然后，我触摸到那颗雨水似的坠落的心：
我知道它是你的眼睛
穿透我，深入我哀愁的广袤腹地。
只有一个影子在喃喃私语，

它是谁？它是谁？但它没有名字，
丛林中啪嗒啪嗒的叶片
或幽暗的水，沿着那小路装聋作哑。

因此，我的爱，我知道我受伤了，
在那里无人发声，除了影子，
那漫游之夜，雨水的亲吻。

71.

爱情穿越岛屿，从哀愁到哀愁，
它扎根，以泪浇灌，
没有人——无人——能逃脱一颗心的
狂流，沉静又嗜血。

你我曾寻觅宽阔的河谷，另一个星球
在那里，盐不会触碰你的秀发，
在那里，悲伤不会因我做了什么就滋长，
在那里，面包长生不老。

一个被连绵回忆与枝叶缠绕的星体，
一块平原，一块岩石，艰苦且无人栖居：
我们期待用自己的双手

建立一个牢固的巢，没有受伤、损害和言说，
但是爱并非如此：爱如一座疯狂的城市
它的走廊上挤满面色苍白的人群。

72.

我的爱，冬天重返它的临时驻所，
大地整理好它黄色的礼物，
而我们，爱抚一个遥远的国度，
摩挲地球的发丝——

出发！现在！去吧：车轮，船舶，排钟，
被无尽白昼磨洗的飞机，
朝向群岛的婚礼的气息，
穿过一列列欢乐的谷物！

出发——起来——挽好你的头发——起飞
降落，跟着空气和我一起奔跑歌唱：
让我们登上开往阿拉伯或托科皮亚的列车，

只像远方的花粉那样启航，
渗透到那片栀子花与破布的大陆，
没有鞋穿的一贫如洗的君主统治着那里。

73.

或许，你会记得那个面容锋利的男人
他像一把刀，从黑暗中悄然现身
在我们了然之前，便知晓那边怎么回事：
他看见烟，便说是火。

那个黑头发的苍白女人
像一条鱼自深渊中升起，
两个人建造一套武装到牙齿的
精妙设计，对抗爱情。

男人和女人，他们伐倒高山，踏平花园
他们涉水翻墙，
将他们残酷的火炮架上山丘。

然后，爱便知晓它就是爱。
当我抬起双眼注视你的名字的时候，
突然之间，你的心为我指明了道路。

74.

被八月的水打湿，道路闪亮
仿佛穿行于满月，
苹果饱满的光泽，
穿过秋日果实的中央。

雾霭，空间或天空，白昼模糊的巢穴
因冷酷的梦境膨胀，喧哗，鱼，
岛屿的蒸汽搏击着大陆，
在智利的光芒之上，海洋抖动着。

万物浓缩如一块金属，叶片
隐匿，冬天隐瞒它的血统，
而我们是唯一的盲者，无止尽地，孤孤单单。

只屈从于那条通向
迁徙，告别，分离，道路的寂静堤岸：
永别了，大自然的泪珠落下。

75.

这就是那房子，那片海，那旗帜。
我们漫步，经过别的长长的篱笆。
我们找不到门，也找不到
我们不在时的声音——就好像死了一般。

最终，房子打开它的沉默，
我们进入，越过被遗弃的物品，
死老鼠，空寂的道别，
水管中哭泣的水。

它流泪了，那房子——流泪，日日夜夜；
它和蜘蛛一起呜咽，虚掩着，
与它幽深的眼睛一起，分崩离析——

而现在，突然地，我们令它重获生命，
我们安居于此，它还认不出我们：
它必须开花，却忘了如何绽放。

76.

迭戈·里维拉以熊的耐心
通过颜料，猎寻森林的绿宝石，
或朱砂，鲜血突然绽放如花；
在你的肖像中，他收集了全世界的光。

他画你傲慢的鼻梁的轮廓，
你慢转眼睛的火花，
你的指甲燃起月亮的妒忌，
还有，在你的夏日肌肤中，那甜瓜似的嘴巴。

他将你画成双头，两座炽热的火山，
因为火，因为爱，因为你阿劳科的血统，
而在那两张金黄色黏土的脸庞之上

他为你涂抹了一顶高贵之火的头盔：
我的目光在那里流连忘返，秘密地，
纠缠于你丰满高耸的头发。

77.

今日就是今日，承载所有逝去时间的重量，
带着所有即将成为明日事物的翅膀；
今日就是那海的南方，水的晚年，
新的一天的组成部分。

已逝去的一天的花瓣聚集在你的嘴上，
举向光明或月亮，
而昨日快步走下它幽暗的小径，
因此，我们能忆起你那张已死去的脸。

今日，昨日，明日，匆匆而过，
一日之内，如一头燃烧的牛犊被吞没、消耗殆尽；
我们的牛群等待它们屈指可数的时日，

但是，在你心中，时间洒下它的面粉，
我的爱建造起一个特木科泥塑的炉子；
你是我灵魂的每日面包。

78.

没有永不再，没有总是。在沙中
胜利遗弃它的脚印。
我是个一贫如洗的人，愿意爱他的同胞。
我不知道你是谁。我爱你。我不赠送我的尖刺，
也不售卖它们。

或许，有人将明白我从不编织
带血的王冠；我与嘲弄搏斗；
我用真理注满我灵魂的洪流。
我以鸽子偿还卑劣。

我没有永不，因为我与众不同——
从前是，现在是，将来也是。
以我变动不居的爱之名，我宣示纯真。

死亡只不过是遗忘的石头。
我爱你，在你的唇上，我亲吻了幸福本身。
我们收集柴火。我们将在高山上点燃火焰。

夜　晚 ——

79.

在夜里，爱人，请将你的心和我的系在一起，这样
睡眠中的两颗心将共同击退黑暗
犹如森林里的双面鼓，敲击着
同潮湿树叶砌成的厚墙搏斗。

夜游：睡眠的黑色火焰
剪断大地的葡萄细线，
准时如一列莽撞的火车
无休止地，拖住阴影与冷酷的岩石。

因为这个，爱人，将我与更纯净的运动捆绑，
与在你胸中以水下天鹅的羽翼
扑打的坚贞不移相系，

因此，我们的睡眠以
唯一的钥匙，唯一一扇被阴影关上的门
来回答天空所有星亮的问题。

80.

我的爱，我自旅行与悲伤中归来
重返你的声音，重返你吉他上飞旋的手，
重返以亲吻打扰了秋日的火焰，
重返循环往复的夜空。

我为所有人请求面包与主权；
为没有未来的工人请求土地。
但愿无人期待停歇我的血或我的歌！
但我不能舍弃你的爱，至死都不能。

因此：演奏那一首宁静月色的华尔兹吧，
还有那船歌，在那流动的吉他上，
直到我昏昏欲睡，进入梦乡：

因为我已经用我生命中所有的不眠织就
树林中的这间庇护所，你的手在那里生活、飞舞，
守望着睡眠的旅行者的夜晚。

81.

此刻你属于我。连同你的梦，在我的梦中憩息。
爱与痛，以及劳作，现在都该入眠。
夜晚转动它隐形的轮子，
你在我身旁纯洁如一块沉睡的琥珀。

亲爱的，没有别人，会在我的梦中沉睡。你将离开，
我们将同行，越过时间的逝水。
没有谁与我一起，穿越阴影而行，
唯有你，永葆青春，永恒的太阳，永恒的月亮。

你的双手已打开它纤细的拳头
并让它们柔软浮动的踪迹淡去；
你的眼睛闭合如两只灰色的翅膀，我紧随其后

追随你带来的涌动的水，
将我带走。夜晚，世界，风拖延它们的命运。
没有你，我是你的梦，仅此而已。仅此而已。

82.

当我们关上这扇夜的门，我的爱，
请跟我来，穿过那阴影重重之地。
合起你的梦，爱人，连同你的苍穹一起进入我的
眼帘，
舒展渗透我的血液，如一条宽阔的河。

跟残酷的白昼之光道别，它落入
逝去的每一天的麻袋里。
跟手表或橘子的每一道光道别。
啊，阴影，我时断时续的朋友，欢迎你！

在这船上，或水中，或死亡，或新生命中，
我们再一次结合，入睡，复活：
我们是血液中夜晚的联姻。

我不知它是谁，谁活着或死去，谁休息或醒来，
但是你的心将黎明的
所有恩典，分派到我的胸口。

83.

在夜里，感到你靠近真好，爱人，
你隐于睡眠，诚挚地献身夜晚，
当我厘清我那眼花缭乱
蛛网似的困惑。

心不在焉，你的心航越梦境，
但你的肉身在呼吸，它被如此遗弃，
寻找我但不必看着我，为了我的睡眠完满，
恰如一株在暗处繁殖的植物。

明天，当你起床，充满活力，你将成为另一个人：
但是某些事物留了下来，自夜晚失守的边界。
从存在与虚无中，我们找到自我，

某个在生命之光中让我们越靠越近的事物，
犹如黑暗的印章
用火，为它的秘密造物烙印。

84.

又一次，亲爱的，白昼的网熄灭了
劳作，轮子，火焰，鼾声，告别，
我们将正午取自光明与土地的
翻滚的麦浪交给夜晚。

唯有月亮，在它的白色书页的中心，
支撑天国之港的圆柱，
卧室呈现出金色的缓慢，
而你的手移动着，开始为夜晚准备。

啊爱，啊夜，啊那穹顶被深不可测的河水
环绕，在天空的阴影下
暴风雨般的葡萄，浮浮沉沉：

直到我们成为仅有的黑暗空间，
圣杯盛满天国的尘埃，
漫长和缓的河流脉搏跳动中的一滴水。

85.

海洋飘来的迷雾，涌向街头
犹如深陷严寒中的牛呼吸的热气，
水的长舌聚集，覆盖住那许诺
我们天堂般生活的月份。

秋日行进，叶子的蜂房嗡嗡作响，
当你的旗帜飘扬于我们的小镇
疯狂的妇女唱着歌与河流道别，
马匹嘶鸣，奔向巴塔哥尼亚。

你的脸上有黄昏的藤蔓，
静静地攀爬，爱情将它举向
天空劈啪作响的马蹄铁。

我俯身趋向你夜晚肉身的火焰，而我爱的
不仅是你的乳房还有秋日，因它
将青蓝色的血液弥散到大雾中。

86.

啊，南十字星，啊，芳香磷光的三叶草：
它借四个圣洁之吻进入你的身体，
它穿越了阴影，穿过我的帽子，
月亮在严寒中打旋。

然后——带着我的爱，带着我最亲爱的——
蓝霜之钻，天空之宁静，镜子：
你出现了，而夜晚被你
四个颤动的酒窖灌满。

噢，一条纯洁优美的鱼跳动的银光，
绿色的十字，光亮阴影的欧芹，
萤火虫被同一片天主宰：

在我身上栖息，合上你的眼，也合上我的。
与人类的黑夜同眠，一瞬间也好。
在我身上，点亮你四方的星群。

87.

三只海鸟，三束光柱，三把剪刀
划开寒冷的天堂，朝向安托法加斯塔：
这就是为何空留空气在颤动的缘故，
这就是为何万物抖动如一面受伤的旗帜的缘故。

孤独，请给我你的无尽起源的符号，
那条路——几乎算条路——残酷鸟道的，
心悸确定在甜蜜，音乐，大海，
诞生之前到来。

（一张永恒的脸支撑住孤独
就好像一种宁静平缓的花，始终坚持着——
直到它触及天空的纯粹蜂涌的人群。）

大海的，岛屿的寒冷翅膀，飞
往智利东北部的沙漠。
夜晚关上它神圣的门闩。

88.

三月带着它秘密的光芒回来了，
无边无际的鱼群滑过天际，
朦胧的陆地蒸汽静悄悄地潜行，
一个又一个，万物皆俯首称臣于寂静。

在这种漂泊无定的天气的危机中
幸运地，你将海的生命连接到火的生命：
冬日船舶的灰色轨迹，
爱情在吉他上演绎的形态。

噢，爱情，噢，被美人鱼和泡沫弄湿的玫瑰，
舞动着攀爬隐形的楼梯的火，
唤醒失眠隧道中的血液：

因此，在空中，海浪使自己精疲力竭，
而大海忘了它的货品和狮子，
世界落入那阴影重重的网中。

89.

当我死去，我想要你的手覆在我双眼：
我想要你那双挚爱的手的光芒和小麦
再一次，将它们的新鲜传递给我：
我想要感受改变我命运的柔情。

我想要你活着，而我只是睡着了，等着你。
我想要你的耳朵仍能听见风，我想你
呼吸我们共同热爱的大海的芬芳，
继续走在我们走过的沙滩上。

我想要我所爱的继续存活，
而你超越我所爱所歌咏的一切
继续兴盛，全面盛放：

因而，你能触及我的爱指引你的一切事物，
因此，我的影子能伴你的秀发旅行，
这样，万物便能理解我歌唱的理由。

90.

我想我是快死了，我感到寒冷向我逼近
而我知道，我所剩余的尘世生命，只有你：
我尘世的日日夜夜是你的嘴，
我的吻所建立的你的皮肤共和国。

刹那间，一切都停止了——
书籍，友谊，不停歇积聚的财富，
你和我共同建造的透明的房子：
什么都消逝了，除了你的眼。

因为，当生活伤害我们的时候，爱情是
唯一高于其他巨浪的浪花：
但是啊，当死亡来敲门，

那里只有你的目光能对抗无尽的空虚，
只有你的光对抗消亡，
只有你的爱关上阴影。

91.

年龄如细雨般覆盖我们：
时间没有尽头，惆怅悲哀；
一支盐的羽毛触摸你的脸；
一道细流吃透我的衬衫。

时间无法分辨出我的双手
与你手中的一堆橘子：
生活以雪和鹤嘴锄削减
你的生命，那亦是我的生命。

我的人生，我所献给你的，
经年膨胀如一串果实。
葡萄将重返大地。

即便在下面，时间
继续，等待，
雨水落在尘土上，急于擦掉甚至不存在的事物。

92.

我亲爱的，假如我死去而你活着，
我亲爱的，假如你死去而我活着，
我们不必给悲痛更阔大的疆域。
没有比我们生活的居所更辽阔的地方了。

麦子里的尘土，沙漠中的沙子，
时间，流动的水，茫然的风
席卷我们就像飞扬的种子。
我们也许无法及时找到彼此。

这片我们找到自身的草原，
啊小小的无限！我们将它归还。
但是爱，这份爱不会终结：

恰如它从未诞生，也就
没有死亡：它宛如一条长河，
只改变土地，改变嘴唇。

93.

如果，偶尔你的胸脯起伏暂停，如果某些事物
停止移动，不再穿过你的血管燃烧，
如果，你口中的声音逃逸却没有言词，
如果，你的手忘了飞翔，陷入睡眠，

玛蒂尔德，我的爱，留下你半启的唇：
因为最后一吻将伴我同在，
它该永远停留，在你的口中，
因此，它也就与我一起，进入我的死亡。

我将亲吻着你疯狂冰冷的嘴死去，
爱抚你遗留的身体的蓓蕾，
寻找你紧闭双目的光。

当大地接受我们的拥抱
我们将融为一体死去，永远
生活在一吻的永恒中。

94.

假如我死了，请带着一种纯粹的力量继续存活。
你让苍白和冷酷发怒；
闪动你那双令人难忘的眼睛，从南方到南方，
自太阳到太阳，直到你的嘴如吉他般歌唱，

我不想要你的大笑或你的步履摇摇欲坠；
我不想要我幸福的遗产死掉；
别对着我的胸呼唤：我不在那儿。
如住进一所房子那样，住进我的"缺席"。

"缺席"是如此阔大的房子
你可以穿墙，
将画挂在透明的空气中。

"缺席"是如此透明的房子
即便死了我也能看见你在那儿，
如果你痛苦，爱人，我将第二次死亡。

95.

有谁像我们这样爱过？让我们找寻
那燃烧之心的古老灰烬
让我们的吻一个接一个落下，
直到空无之花再一次升起。

让我们爱那消耗自身果实的爱，
它的形象和它的力量，落入大地：
你和我就是那永恒的光，
它不可动摇的脆弱的刺。

为那被如此众多的冷酷时光
被雪和春天，被遗忘与秋日掩埋的爱，
带去一个新苹果的光泽，

被一个新伤口打开的新鲜的光，
就像古老的爱在沉默中经过
被掩埋的嘴的永恒。

96.

我想，你爱我的这一时期
终将消亡，另一种蓝会取而代之；
另一种皮肤将覆盖同一种骨头；
别的眼将看见春天。

那些试图迁延时间的人——
那些在烟雾中交易的人，
官僚，生意人，过客——没有任何人
能够在缠结他们的绳索中继续移动。

那些戴眼镜的残酷的神终将消逝，
带着书籍的长毛食肉动物，
那些蚜虫和啾啾鸣叫的鸟儿。

当大地被水洗一新，
水中将诞生别的眼，
麦子将繁盛，没有泪水。

97.

这时日，人必须飞——但飞到何处？
没有翅膀，没有飞机，飞——不带疑问：
步履已消逝，徒劳无功；
他们不曾挪动旅行者的双脚。

在每一瞬间，人都得飞——就像
苍鹰，家蝇，日子：
必须战胜土星之环
在那里建造新的钟乐器。

鞋子与道路已不足够，
大地对漫游者毫无用处：
根已穿过夜，

你将在另一个星球现身，
不可避免地短暂易逝，
终了之时化为罂粟。

98.

还有这个词，这篇被单手
化身的千万双手写就的文章，并没存留
在你心中，它对于做梦毫无益处。
它落向大地；它在那儿延续。

光辉或颂扬，
溢出杯子的边缘，没什么关系
如果它们是酒中一次任意的闪动，
如果你的嘴被苋菜染成紫色。

这个词：它不再想要那缓慢言说的音节，
暗礁自我的记忆带走
又带回，是那翻腾的泡沫。

它别无所求，只想要写下你的名字。
尽管我徘徊不去的爱，此刻使之归于
沉寂，稍后春天将言说这个词。

99.

其他的日子即将来临，植物与星体的
沉默将会被理解，
又会发生多少纯粹的事啊！
小提琴将拥有月亮的芳香！

或许面包将如你一般：
它会拥有你的声音，你的小麦，
还有其他事物——秋日走失的
马匹——将以你的嗓音言说。

即便它不能百分百如你所愿，
爱将注满巨桶
正如牧羊人远古的蜂蜜，

在我心灵的尘埃中（那里
将储存众多丰盛的事物），
你会在甜瓜中来来回回。

100.

在大地的中央，我将绿宝石
推到一边，如此才能看见你——
你像一名文书，用水笔
复制植物的绿色嫩枝。

何其美好的世界啊！多么深沉的欧芹！
怎样一艘航行过甜蜜的船！
你，或许——还有我，或许——一只蜂鸟。
钟声中将不再有冲突分歧。

那里别无他物，除了清新的空气，
苹果随风飘荡，
森林中多汁的书：

在康乃馨呼吸的地方，我们将开始亲手
制作一件衣服，一件在胜利之吻的
永恒中经久不衰的衣物。